先生の手料理

則武一女詩集

土曜美術社出版販売

詩集　先生の手料理＊目次

詩集　先生の手料理

I

虎山公園

一枚の映像がパソコンに入ってくる
恩師からのものである
懐かしさで涙がじわり

昔は虎が住んでいたと聞く
虎山公園
こんもりした丘
頂上から見下ろすと
人々の暮らしが一望できる

麓には家々がひしめいている
泰山を控えた観光の街

真冬の一月
公園の中にある池
一面に氷で光っている
氷を割って泳ぐ人がいる
男女五人
常連のようだ
驚きで目が離せない

泳いでいる人の流れに合わせていると
私の心も流れていく
山に囲まれた街

海から離れている
水への思い
誰もが
心の奥にしまっている
先生の映像の中に
ひんやりとした池が見える

並木道

脳裏に焼きつけられた大木
街から街へ車で移動するとき
長い距離を走る
建物ひとつない
並木道がどこまでもどこまでも
それも同じ大木が黙々と立っている
大木を追い越しても追い越しても
どこまでもついてくる
風が吹くと一斉に葉は裏返る

土煙が上がると葉は真っ白

木に沿って流れる小川
アヒルが水浴びにやってくる
山羊の行列は木にくっつくようにして
ひたすら追われるまま
もくもくと歩く
ロバは綱がちぎれそうになりながら
力をふりしぼって前に前に

動物と人が
水の流れに寄り添う
走る車の中に
柔らかい糸が

ずーっと
ずーっと

ビイ先生

今度泰安に来た時には
私の手料理を食べてください
ビイ先生からの便りにある
信じられない気持ち
帰国して半年のことである

泰安に滞在していた時
度々先生の家の食事に誘われていた
好意に甘んじていたころ

食事は奥さんの手料理

奥さんも大学の先生
ずっと暇であったらしい
沢山の品数の料理
先生と小学一年生の女の子は
料理を食卓に運ぶ係

半年しか経っていない時
奥さんの仕事が忙しくなったとのこと
ビイ先生が料理を作っている
理解ある話
信じられない

長い間音沙汰ない
ビイ先生の料理作りなど
記憶から抜け落ちていた
泰安の景色の思い出とは
反比例であった

中国の市場で

クルミやなつめにピーナッツ
箱にぎゅうぎゅう詰めで送られてきた
先生からの贈り物
中国　山東省　泰安市
わたしの古郷のような街から

一気に思い出が噴き出してくる
初めて好奇心を胸に市場に出かけた日
人ごみにもみくちゃにされながら

市場の入り口付近で
台の上に豚の顔が置かれている
足がすくむ
振り返り振り返り
前に押される

品物を手に取ってみる間もなく
キョロキョロと
いつの間にか出口付近に来てしまう
何か買いたい
あせっている時
大きな袋がドンと
渦に巻き込まれ　卵のように
こわれてしまった

立ち止まったところには
何が入っているのか
店の人が
袋を開いて見せる
大きな袋
中にはクルミ
隣の袋にはピーナッツ
両方買うことにする
何度もクルミとピーナッツを指さすのに

売り手は分からない
どちらを買いたいのかと尋ねる

買い物のおばさんたち
野次馬の山となる
私は身体中が火の海
両方という言葉が出てこない
両方買いたいあせりといらだち

やっと絞り出した言葉
イーゴン
やっとつぶやく言葉
そういう事か
さっと消えたおばさんたち
私はぽつんと立ち尽くす

お月見

中国のお月見に参加する
参加と言っても
わたしたち日本人は客として
指定席に座って余興を見物する

お寺の境内は
見物人でざわめいている
騒がしいのである
うれしい気持ちを抑えることができない

余興が始まるまで待っている間
隣り合わせの人や親しい人と
大きな声で
ずーっと話は途切れない

始まる合図は賑やかな音楽と歌
月を愛でて賑やかに踊る
月は高く昇り
境内は昼間のよう
観客は月のひかりに照らされて
笑みがあふれている

急に地面に敷物
紙を跨いで

振り上げる大筆
墨汁が散る勢いの
鮮やかな漢詩が収まっていく

観客は静かに息をのむ
書かれた筆の運びは
人を表わす
拍手は夜空を震わす
客である日本の男性が進み出て
前に書いた男性に負けない漢詩を
高々と披露する
拍手が鳴り止まない
私たち日本人も誇らしさを
出した一瞬

心の震えを残しながら
月見会は終わる
月は光を弱めて
去っていく

泰安の祭り

九月十日
祭典の儀式が始まる
オリンピックが始まるような広場
観客で埋め尽くされている
人々でごったがえす入場行進が始まる
いろいろな団体の行進
わたしたち外国人留学生も入場を待つ
プラカードの後に並んで待つ
地域をあげての熱気が伝わる

観客は会場のまわりのスタンド席にびっしり
午前十時開幕でざわついている
どこの家族も一家全員観客席に集まる

暦の上では夏が過ぎたとはいえ
日陰もない会場にさらされて
汗をふきふきの応援に
始めは理由も知らされず
暑い中を何事かと思いつつ参加

入場行進の後
各団体より
余興が次々と行われる

踊りありゲームありと日の沈むまで
日本の神様の祭りのイメージではない
集まってみんなで楽しんでいる
マラソン大会やいろいろなスポーツも続く
安売り市など
十日間も楽しむ祭り

鶴

うずくまった一羽の鶴
身動き一つしない
折れそうな羽は雪の上

全身の力をふりしぼって
まっすぐ前を向いて
やっと首を支えている

どうなるのだろう

一歩も動けなくなる
どうするすべもない
見守っているだけ
鶴は急に力尽きてうなだれる
脚が折れているのだろうか
老衰なのだろうか
わざわざ雪の中で
ますます冷え込むだろう
静けさは白い雪と

凍り付く冷たさが増す
誰もいない田の中
つらさと
はがゆさを残して

私も動けない
次第に夕暮れが近づく

誰も通らない
私も凍りつきそうになりながら
立ち去ることもできずにいる

いつかは一生を終えるが
しおれていく姿は見たくない
鶴は鶴でいてほしい

記念の品

わたしはあせっている
泰安を離れるときが迫っている
何か記念になる品を求めたい
泰安の店を覗いて歩く

店の道路脇で
男性たちが品定めをしている
気になる私
隙間にわけいる

じろりと睨まれながら
低い台の上を見る

焼き物の皿
大きさもちょうどよい
手の平より少し大きめ
立派な鯛が跳ねている
深みのある紺色の絵付け
一目で気に入る

男たちを掻き分けて
店主を呼びに行く
新聞紙で品物をぐるぐる巻きにする間
ぽかんとする男たち

獲物をさらわれた猫のような顔
男たちを尻目に
嬉しくて嬉しくて

蠟梅

蠟梅の写真が画面いっぱいに入ってくる
泰安の先生から電波にのってやってきた
記憶が薄れかけていた私を
一度に引き戻す

一月の下旬
まわりの冷たさを破って
少しずつ香りを鏤《ちりば》める

あの木は老木であった
寺の隅なのに
ちぢこまりもせず
伸びやかに塀をつたって
曲がりくねって収まっている
出番をまっている蕾は
ほのかに黄色をのぞかせている

寺の古さと静けさは
似合っていて絵の様
蠟梅は静かな
ハーモニーを奏でる奏者
奏でる響きが
私を溶かしていく

いつの間に古い寺の中に
私だけの
小宇宙にいる

水仙

目の前の水仙が語りかけてくる
あの時も同じ机の上で水仙と向き合っていた
私の部屋は北向きで陽が当たらない
それでもヒョロヒョロの茎から一輪だけ咲いた
眺めているだけで
快い香りがしみわたる

十月
水仙の球根を皿に入れる

苔を敷き詰めて水を欠かさない
春節の二月に花開く
日本の松飾りと似ている

先生の家に招待される
玄関に入ると水仙のほのかな香り
春節の清らかさと似合っている

水餃子の鍋から上がる湯気の中で
家族みんなの顔が笑っている
幸せの真ん中にいて
心が丸くなる

今でも

十月になると水仙の球根を買いに行く
二月の春節に清らかな水仙の花と香りを
楽しめるように
先生の家と同じ様に
水仙の香りとともに

II

ワイングラス

テレビの音を切る
静寂な世界にひたる
急に別な世界にいるような
見慣れたものさえ
新鮮に映る

食器棚の隅に置かれている
ワイングラス
何故か前にせりでている

くたびれた美人グラス

そういえば
長いこと
グラスを手にしていない
二つのグラスにワインを注ぐ
ワイン色に部屋が染まる

イタリアを
バスで観光していた折
葡萄畑の広がりを見る
急斜面は
どこまでも葡萄

イタリアに想いをはせながら
ワイングラスで一杯

玉葱の叫び

玉葱が押しつぶされている
雑草たちに占領されて
小さくちぢこまっている

畑に出て
何回も
玉葱の横を通る
何とかしなくては
思う一方手が出せない

あまりの雑草の食いつきに
圧倒される

雑草を抜きながら
玉葱も抜いてしまうのではないか
考え込むそばで
玉葱の悲痛な叫び声が聞こえてくる

私は決心をする時が来る
今なら玉葱が生長できる
三カ月もあれば立派になる
雑草なんかに負けてはならぬ

春の暖かさで

雑草は根が強い
雑草の根を少しずつちぎりながら
玉葱を押さえて抜く
私は雑草と格闘する
汗がにじみ出る
二百本以上の玉葱の中を
風が通りぬける
空には白い雲が
ふんわりと

油断

私のスケジュールを妨げる悪者
私の意志までへこませる
目に見えない敵
私は十日もぐんなりしている
こんなに長く動けないなんて
私ではない

一度も風邪で寝込んだことはない
強がりではない

無防備にしてはいない
なのにどこから入り込んだか
自信が崩れる
風邪のほうから逃げていく
これが私のスタイルだったのに

忙しさで
過労が重なる
こんなはずではなかった

冬の寒さには敏感になる
私の家は田舎の古い建物
すきま風は入ってくる
慣れているから鍛えられている

身体も動いているのに
考え込むより何かが足りない

染まっていくうちに

どぶの色に染まっている魚
みるからにどす黒い
ひれがかすかに動いても
目はどんより濁っている

生まれた時は透き通っていたに違いない
変わっていく姿は自分には分からない
獲物を捕らえるのに明け暮れているうち
捕らえる術しか覚えていない

どぶの中でじっと
じーっと
ただそれだけ

いつまでも覗き込むうちに
いつしか人も似ているような
似ているかも
狭いどぶの中だけで
他の川を知らない
知ろうとしなかったのかも

人は生きるために
世間の風に当たっているうちに
その場しのぎの術を覚えたり

相手の顔色に合わせたり
いろいろな色に染まりながら
世間を泳いでいく

その場の色に
楽だから一つの色に染まっていく人
ひとは考える生き物だから
すぐに染まらない

いろいろな色を確かめていくうちに
自分の色ができる
どぶ色の魚はどぶ色で

テレパシー

人間の脳の動きは電波の流れ次第で決まる
日常の同じパターンのような生活の中でも
神経の緊張の度合いはさまざまで
電波の流れは一定しない
少しの刺激にも動かされる

アコーディオンの発表会が始まる
独奏でカタと音が止まる人
立て直しが出来なくなる人

わたしの脳は前者の電流を受け継いだ
不安を取り払う強さもなく出番となる

客席はライトを落としている
中央に立つと同時に客席に目を向ける
三列目の真ん中で大きく手を振る人
薄暗さをかき消すテレパシー
私のびくびくの脳の電流と激突

一瞬の間にびくびくは消えリラックスへ
ピタッと唇がゆるみ軽い笑みが
独奏はいつものように
電波は安定した刺激に弱いらしい
動きまわりながら

早変わりも激しい
考える間もなく動きまわる
いろいろな刺激に早変わりする

味噌さま

味噌を作る話を聞いた
旅先でのこと
話し手は自信たっぷり
作り方を話す

近所の人達の手が必要
大豆を大釜でゆでる
突き臼で大豆をつぶす
麹と塩を混ぜ合わせる

混ぜ合わせる分量で味が決まる
寝かせること半年
人たちの手がうまさを引き出す
湯気と熱気と魂が埋まる

手作りみそ
手作りみそ
あちらからも
こちらからも
聞こえてくる
記憶の回路がつながる一瞬

あれは八年前
旅先での場面が浮かぶ

わたしでもやれるかも
回路のつながったテープは回り続ける
一人で大豆を煮る
一人で出来上がった味噌を詰める
夢はふくらんでいく

畑に大豆を蒔く
大敵の鳩に一撃
二年目
虫のいじめに遭う
三年目
やっと少量の大豆で試験作
立ち込める湯気と大豆の匂い

八年も温めていた想い
記憶にたどりつく味噌への想い
回り続ける
わたしのテープ

鳥になって

ざわざわと騒がしい声
数百羽はいるであろう鳥の鳴き声
雀より少しだけ大きく見える
高い大きな木の小枝に
くっつきあってとまっている

下から見上げると
枯木に黒い塊
集団で移動する時は

見事な模様を作る
しばらく舞う　ショーのよう

光は西の山に消える
鳥たちは動かなくなる
声だけざわめく
夜がくるまで
ねむるわけにはいかない

一羽たりとも集団から離れていない
身を守る知恵だ
カラス二羽隣の木でひそひそ
暮れるまで平和な時がつづく
いつでも飛べる空に近いところで

ふと思う
ウクライナの子供たちは
不安な気持ちを抑えている
戦争に備えて銃を構える姿を見る
パッと飛び立つことができるなら

どこか遠くへ
逃げてしまいたいと

豆餅

正月に豆餅を作る
大好きで
取りつかれたように
何回も作る

家族みんなが豆餅大好き
お雑煮にすると豆がひきたつ
焼くと香ばしい

なんといっても
豆は身体の養分で豆になる

ぺったんこぺったんこ
大きな音に誘われて
隣の家族やってくる
小さい子供に見せたくて
お餅を搗《つ》かせてくださいな

搗いた豆餅味が良い
塩味きいて
みんな笑顔

正月の八幡様

朝九時
わたしは石段を踏みしめて神社に行く
普段は古びた戸で囲まれているだけの神社
正月は晴れ舞台

敷き詰められた座布団
座席の両脇にストーブを置いている
うやうやしく階段を上がる
座ると面前に
神様が祭られている

神主の高らかな祝詞が始まる
まわりの静けさを破って
響き渡る声に
霊気を感じる
外庭では
時折パチパチと焚火のはじける音
お祓いの幣《ぬさ》の捌かれる音
日常を超えた神秘の中に
ぴりりとひきしまる

今年一年
元気で過ごせる思い
神様に守られている

Ⅲ

雀も生きる

田んぼ道を散歩する
稲穂は垂れ下がっている
あと少しで刈り入れの時がくる

数メートル先で足が止まる
雀の大群
垂れ下がった稲穂を
背伸びして食いちぎる
口いっぱいに詰め込む
逃げることもせず

今しかないと一心不乱に

武器を持っていないと知る
堂々としたもの
すっかりみくびられている
あまりの大胆さに見とれる

刈り取られた田んぼ
稲の株だけが残っている
雀たちはチョンチョン動き回る
落穂が目当て

当分は我が天下と雀たち
冬が来ぬ間に

赤い実

それってなーにと人は言う
あさだれのこと
赤い小さな実
子供の頃
カバンを放り投げて
いつものメンバーの子供たち
山に駆け上がる

赤い実のあさだれを取りに行く

山の中腹にある
低学年の子供たちでも手が届く
幹は太くもないが
横に広がっている細い枝に
しがみつくようにくっつき合って
すずなり

我先にとちぎっては食べ
口いっぱいにほおばる
口の周りをべとべとにしながら
持ってきた小さいかごに詰め込む
坂を駆け下りて家に帰る
家族の土産にする

大人になり
川べりで見つけたとき
走り寄って
口に放り込む
赤い実の記憶が
プッと種を吐き出す

皇帝ダリア

わたしは皇帝ダリア
みんなわたしを仰ぎ見る
小さい花たちは背伸びして見上げる

色は薄紫色
風が吹く度大きく揺れる
しなやかに踊っているように
花びらは散りもせず

気がつけば秋
夜露の冷たい風が
皇帝ダリアの顔を吹きつける
薄い花びらが
一つ二つと
散っていく

それでも
少しの花びらをつけたまま
わたしは皇帝ですから
小さい花たちに
折れる姿は見せない

冬の風

皇帝ダリアをたたきつける
うなだれて
種をしっかり抱きかかえている
皇帝らしい皇帝

画像

沢山の写真が積み重なる
一枚一枚が思い出される
時の重なりと比例して

いつか決断しなくては
心に言い聞かせて整理に取り掛かる
手に持つ写真の一枚
在りし日のこと
一瞬にして水が吹き出すように

思い出を引き出して
手が止まってしまう

一瞬一瞬過ぎていく日常
言葉をかわしたことさえも
一枚の写真があれば
話し合った内容までも
思い出すことができる
写真の表情がワクワク心をゆする

一枚の画像が沢山の画像を並べる
私をその場に
置き去りにして
ずーっとそのままに

もみじ

我が家の自慢のもみじ
ほんの三日前まで
紅く見事に開いていた葉
夜半冷たい雨と共に
地面にたたきつけられて無惨な姿に

あたりの景色は一変する
もみじで庭は光っていた
まわりの緑が引き立て役だった

それでも残りの紅いもみじ
太陽にきらきら輝く
秋の女王様
庭の真ん中が似合っている
家の座敷より眺めて
楽しんでいた

翌年のこと
もみじの幹に虫が棲み着く
気がつくのが遅かった
葉が枯れていく
にっくき虫に文句を山のように吐く
美しさを

まわりに紅を散りばめていたもみじ
緑の木々の中で光っていたもみじ
葉が大きくて立派なもみじ
いち早く秋を知らせてくれたもみじ
冬が来るまで美しかったもみじ

私の心に穴があく
今も
穴があいたまま

蟹の命

蟹が月夜に集まっている
森の中
何百匹ともいえる
横歩きのざわめき
出発はいつか
年に一度の大潮の時
今日がその日

森を出るのも

月の光の差し込みを見て

今だ
いっせいに大群の移動
口から泡をふくもの
まっしぐらに目をむき出して

満ちてくる
満ちてくる
岩に押し寄せる波のうねり

蟹の母親
岩にしがみつき
波にさからって

泡のごとく
吹き出す何万の卵

卵は波のうねりに吸い込まれる
大海原が育ててくれる
母親は森の中へとぼとぼと
大役をこなして帰っていく

梅

梅干しを漬ける時期が来る
山の畑の大きな一本の梅の木
棒でたたいて落とす
畑の草の中に
ぱらぱらと落ちる
なかにはセメントの溝の中を
ごろごろと転がって止まる

今年はバケツにいっぱい

それなのに
葉の陰についている
梅はないかと欲張る
畑のすぐ前のおばさん
応援してもらったので
おすそわけする

持ち帰って
テーブルの上に広げる
大小の梅
どの梅も細い産毛をまとい
つやつやと
梅のほのかな香り

寒冷の頃咲く花もいい
酸っぱい味も大好き
梅は花と実の喜びを
持たせてもらえる

梅漬けの作業を楽しむ
何カ月か先の
酸っぱい梅を待つ

あとがき

私は、詩集を長い間出版していませんでした。

気が付くと、二〇一二年以来ということになります。それまでに二冊出版したきりでした。同人誌「火片」には寄稿しておりましたので、作品が増えていくうちに、自分の詩集を残しておこうと思い立ちました。

今回収録した作品のうち、Ⅰは、いろいろな人生経験をするうちに、一九九八年八月下旬から一九九九年二月下旬の間、日本を飛び出して中国、山東省泰安市に半年間滞在した時の経験の中から、印象に残ったことを書いた作品を選んでみました。そこでは、異文化の中に入ったという驚きが多くありました。決心をして中国に行ったのは、水墨画について深く知りたいと思ったからです。

それは定年退職した年、二十年前のことなのですが、そのころの中国は、人々の顔は明るく生き生きと生活していて、物資も豊富でした。たとえば、銀行にはまだパソコンが導入されておらず、大勢の人が働いていました。

街を歩くと、表側はきれいですが、裏側に回ると、昔、田舎であったことがわかるような建物が残っていたりする、のどかな雰囲気の混じり合ったところが見えます。

私の接した人たちは、親切で優しい人ばかりでした。教育については、大学に進学する子供は少しずつ増えているようでした。

人通りの多い道端に、いろいろな品物を並べて商売しているなど、親しみやすい昔ながらの素朴さを残しつつも、発展途上の時代であったのだと感じました。

私が体験したことは、感動することが多くありましたが、それらが詩として読者に伝わっているかどうか、不安な気持ちもあります。ともすれば独りよがりの面ばかりが出ているかもしれません。少しでも共感していただけるところがあれば幸いです。

水墨画を描いていますが、恩師の本の中に「描かざるものを描け」という難しい一説があります。詩についても同じことが言えると思います。それは、言葉で表現できない想いが、振動のように伝わってくるような詩であると理解しています。理解していても、言葉の表現は難しいことです。

これからの課題です。

今後も課題に向かって精進していきたいと思っています。

この詩集を刊行するにあたり、いろいろと助言いただきました土曜美術社出版販売社主の高木祐子様はじめ、編集に携わっていただいた方々にはお世話になりました。厚くお礼申し上げます。

二〇二三年　秋

則武一女

著者略歴

則武一女（のりたけ・かずめ）

1941 年　岡山県生まれ

紀行文　2008年『海を越えて』（サンコー印刷株式会社）
詩　集　2011年『泰山への道』（土曜美術社出版販売）
　　　　2012 年『中国に行く』（文芸社）

所　属　岡山県詩人協会　日本詩人クラブ　中四国詩人会
　　　　詩誌「火片」に寄稿

現住所　〒701-1212　岡山県岡山市北区尾上 606-3
電　話　086-284-2067

詩集　先生《せんせい》の手《て》料理《りょうり》

発　行　二〇二三年十二月十日

著　者　則武一女
装　幀　直井和夫
発行者　高木祐子
発行所　土曜美術社出版販売
〒162-0813　東京都新宿区東五軒町三—一〇
電　話　〇三—五二二九—〇七三〇
FAX　〇三—五二二九—〇七三二
振　替　〇〇一六〇—九—七五六九〇九

印刷・製本　モリモト印刷

ISBN978-4-8120-2815-5　C0092